ソラタとヒナタ

おはなしのバトン

かんのゆうこ・さく
くまあやこ・え

講談社

もくじ

フリーマーケットへいこう

「ソラタ、みて！」

きつねのヒナタが、くまのソラタの家《いえ》に、やってきました。

一まいのちらしを、もっています。

「なになに……、『フリーマーケットへいこう！　ばしょ・おひさまひろば。日《ひ》にち・○月《がつ》×日《にち》　あさ九じより』。ちょうど、きょうじゃないか。」

ヒナタが、もふもふしたしっぽを、ぷるん、とふりました。

「そうなの。フリーマーケットって、おまつりみたいに、たくさんのおみせが、ならぶんでしょ？」

「うん、そうだよ。おまつりと、ちがうところは、あたらしいものじゃなくて、ふるいしなものが、ならぶんだ。」

ヒナタが、きょとん、とした顔《かお》でいいました。

「ふるいものが、うりものになるの!?」

「ふるいもの、っていっても、まだまだつかえるものばかりだよ。つかえるけれど、もういらなくなったものたちを、やすいねだんで、うりにだすんだ。たとえば、ようふくや、しょっき、おもちゃなんかをね。」

ヒナタが、こっくり、うなずきます。

「しんぴんじゃないから、やすいんだね。でも、まだまだつかえるものなんだね。」

「うん。なかには『ほりだしもの』もあったりするから、たのしいよ。」

ヒナタが、首《くび》をかしげます。

「ほりだしものって、どこかから、ほってきたもの？」

ソラタが、はじけるようにわらいました。

「ちがうよ。たとえば、たかくていいものや、なかなか手《て》にはいらない、めずらしいものが、おもいがけず、やすくかえたときに、『ほりだしものをかった。』っていうんだよ。」

ヒナタは、わくわくしてきて、いてもたってもいられなくなりました。

「ぼく、フリーマーケットへ、いってみたい。ね、いっしょにいこうよ！」

ソラタも、いきおいよく、いすからたちあがりました。

「よし。それじゃあ、いってみよう！」

ふたりは、さっそく、おひさまひろばへ、でかけていきました。

「ひとがいっぱいだ！」
ひろばにやってきたヒナタが、
目《め》をまるくしました。
　きょうは、フリーマーケットを
たのしんでいるひとたちで、
おおにぎわい。あちらにもこちらにも、
おもしろそうなおみせがならび、
たくさんのしなものが
おかれています。
　皿《さら》やカップ、ようふく、かばん、
古本《ふるほん》や、ぬいぐるみたち……。

かばん
KITCHE
おもちゃ

「いろんなおみせが、あるなあ。」

ふたりは、うきうきしながら、おみせをみてまわります。

ソラタが、しょっきをたくさんならべているおみせのまえで、
ふと、たちどまりました。

「あの大皿《おおざら》に、オムライスをのせてたべたら、おいしいだろうなあ。」

ソラタがゆびさしたのは、しろい大皿《おおざら》でした。きいろい
ミモザの花《はな》が、ぐるりとふちにえがかれていて、
とてもきれいです。

ソラタは、皿《さら》をうっているバクに、たずねました。

「バクさん、このお皿《さら》、一まいいくら?」

バクは、ソラタの目《め》をちらっとみて、こたえました。

「一まい、五百円《えん》だよ。」

ソラタは、かんがえこんで、
「もうすこしだけ、やすくしてもらえると、
うれしいんだけどなあ。」
といいました。
バクは、大皿《おおざら》を手《て》にとって、
「これ、とてもいい皿《さら》なんだ。よごれも、
かけもなくて、しんぴんみたいに
きれいでしょう？　だけど、とくべつに、
五十円《えん》、やすくしてあげるよ。」
ヒナタが、くいくいっと、
ソラタの手《て》をひっぱって、
耳《みみ》もとでささやきます。

「すごい！　やすくしてくれたね！」
けれどもソラタは、ちいさく首《くび》をふりました。
「うーん、それだと、ちょっとかえないな。ざんねんだけど、
ほかのおみせをさがしてみるよ。ありがとう。」
くるりとむきをかえて、ソラタが、
すたすた、あるきだしました。

「えっ。ちょっと、ソラタ。かわないの?」
ヒナタが、ぱたぱた、おいかけます。
そのとき、
「おーい、ちょっとまった!」
バクがたちあがり、
おおきなこえで、
ソラタをよびとめました。
「せっかく、気《き》にいってくれたんだ。
よし! ここはおもいきって、
百円《えん》まけてあげるよ。
四百円《えん》でどうだい?」

ソラタは、ゆっくりとふりむいて、
いいました。
「三百五十円《えん》にしてもらえたら、
二まいかうんだけれど。」
バクは、あたまをかきかき、
「くまさんには、かなわないなぁ。
よし、こんかいだけは、とくべつに、
一まい三百五十円《えん》、
二まいで七百円《えん》でいいよ！」
といいました。

「ありがとう。」

ソラタは、バクにおかねをわたして、ミモザの大皿《おおざら》をうけとりました。

はなうたをうたいながら、ソラタがあるきだすと、ヒナタがいいました。

「ソラタ、すごい！　五百円《えん》だった大皿《おおざら》を、三百五十円《えん》でかうなんて！」

ソラタは、すずしい顔《かお》で、こたえました。

「フリーマーケットのねだんは、あってないようなものだからね。」

「あってないようなもの？」

「うん、つまり、売《う》り手《て》のきもちしだいで、ねだんはじゆうにかわる、ってことさ。」

ヒナタが、目《め》をみひらいて、ぱちぱちとまばたきしました。

「そうなの!?　ふつうのおみせとちがうんだね。」

するとソラタが、ヒナタのかたを、ぽんとたたきました。

「ほら、ヒナタもなにか、かっておいでよ。ぼくは、ここでみてるから。」

「よーし、ぼくも、がんばるぞ！」

ぐんとむねをはると、ヒナタは、おもちゃや、ぬいぐるみがたくさんならんでいるおみせに、ちかづいていきました。目《め》うつりするほど、いろんなおもちゃが、ならんでいます。

ヒナタは、ちょっとめずらしい、気球《ききゅう》のおもちゃを、みつけました。ちいさいけれど、いまにも空《そら》をとびそうな、すてきな気球《ききゅう》。これであそんだら、たのしそう。むねが、わくわくしてきます。

「すみません、この気球《ききゅう》のおもちゃ、いくらですか？」

ヒナタが、気球《ききゅう》を手《て》にとって、おみせのひとに、こえをかけました。うしろをむいていたおおかみが、くるりとこちらをむきました。おおかみは、ヒナタをねぶみするように、じろじろみつめたあと、

「五百円《えん》だよ。」

といいました。

「五百円《えん》かぁ……。だけど、ほら、ここのひもが一本《ぽん》、きれてるみたい。」

ヒナタは、そういって、ちらりと、おおかみの顔《かお》をみました。おおかみは、しらんぷり。ヒナタは、おもいきって、いいました。

「もうすこし、やすくしてもらえませんか。」

おおかみが、ひくいこえで、いいました。

「いくらにしてほしいの？」

ヒナタは、いいにくそうに、もじもじ、もじもじ……。

「さっ、三百円《えん》に……。」

「えっ！」

おおかみが、するどいこえをあげて、ぎょろりとヒナタをにらみました。

ヒナタは、あわてていいなおしました。
「まっ、まちがえた！　さっ、三円《えん》！
三円《えん》やすくしてもらえたら……。」
ヒナタのこえが、だんだん、
ちいさくなっていきます。
おおかみは、まんぞくそうに
うなずきました。
「五百円《えん》でも、ずいぶんやすいとは
おもうが、そこまでいうなら、
しかたがない。
とくべつに三円《えん》、やすくしておくよ。」

ヒナタは、おかねを、おおかみにわたしました。おおかみは、くるりとうしろをむいたかとおもうと、がさがさとおもちゃを紙《かみ》でつつみ、ふくろにいれてくれました。

「まいどあり！」

おおかみが、おおきな口《くち》をあけて、にかっとわらいました。ヒナタは、しょんぼり、しっぽをたらして、ソラタのところに、もどってきました。

あるきながら、ソラタがたずねました。

「どうだった？」

「うん……三円《えん》、やすくしてもらえた。」

「三円《えん》！　もとは、いくらだったの？」

「五百円《えん》……。ほんとは、三百円《えん》にしてもらいたかったんだけど、なんだかこわそうな、おおかみさんだったから、うまくいえなかったの。」

ソラタも、おおきくうなずきました。

「うん。たしかにちょっと、こわそうなおおかみさんだったね。」

それから、はげますようにいいました。

「でも、ちらっとみえたけど、すてきな気球《ききゅう》のおもちゃだったじゃないか。なんだか、わくわくしてくるようなさ。」

すると、ヒナタがうれしそうにうなずいて、紙《かみ》につつまれた気球《ききゅう》をとりだしました。

「そうなの。いま、みせてあげる。とってもすてきなんだ。ぼく、いつかほんものの気球《ききゅう》にのってみたいなあ。」

そういいながら、ごそごそとつつみ紙《がみ》をあけました。そのとき、

「あれ？　なんだろう、これ……。」

よくみると、気球《ききゅう》のかごのなかに、おかしのふくろが、はいっていたのです。おかしは、色《いろ》とりどりのドロップでした。ふたりは、ゆっくりと、顔《かお》を

みあわせました。

「きっと、おまけにつけてくれたんだよ。よかったねぇ。」

ソラタが、にこにこしながらいいました。

「うん。」

ヒナタも、ひだまりみたいにわらって、
ドロップのふくろを、とりだしました。

「いちご、オレンジ、レモン、グレープ、メロン……ソラタは、どのあじがいい？」

「ぼくは、オレンジがいいな。」

ヒナタが、オレンジのドロップをあげると、ソラタは、ぽんと上《うえ》にほうりなげて、ぱくんと口《くち》のなかへ、いれました。

「顔《かお》はこわかったけど、わるいおおかみさんじゃなかったね。」

「うん。顔《かお》はこわかったけど、わるいおおかみさんじゃなかった。」

ヒナタも、いちごあじのドロップを、ぽんと上《うえ》にほうりなげて、ぱくんと口《くち》のなかへ、いれました。

「家《いえ》にかえったら、ひものきれたところを、なおしてあげよう。」

ヒナタはうれしそうに、空《そら》にむかって、気《き》球《きゅう》をたかだかと、かかげました。

フリーマーケット

くりかえし

ある日《ひ》、ソラタが、ヒナタの家《いえ》にあそびにいくと、
ヒナタが、画用紙《がようし》に絵《え》をかいているところでした。

「ちっともうまくかけないや。」

えふでをとめて、ヒナタは、ふぅ、とためいきをつきました。

「そうかなぁ。なかなかじょうずにかけてるよ。」

ソラタが、画用紙《がようし》を、のぞきこみます。

「ううん。もう、ぜんぜんだめ。」

ヒナタは、画用紙《がようし》を、くちゃくちゃにまるめると、
ぽいっと、ゆかになげすててしまいました。
「ぼくのあたまのなかには、
けっさくがあるんだよ。」
「うん。」
「でもね、いざそれを、画用紙《がようし》に、
かこうとすると、ぜんぜんちがう
絵《え》になっちゃうんだ。」
「なるほど。」
「きょうは、もうやーめた。
ねぇ、ソラタ。なんか、
おもしろいことして、あそぼうよ。」

ソラタは、くちゃくちゃの画用紙《がようし》を、ひろいあげました。そうしてそれを、テーブルの上《うえ》で、ていねいにひろげました。

「それじゃあ、ちょっとしたクイズをやろう。まず、この画用紙《がようし》を、はんぶんにおる。」

「うん。」

「はんぶんにおった画用紙《がようし》を、またはんぶんにおっていく。」

「うん。」

「二かいおった画用紙《がようし》を、さらにはんぶんに、おる。」

「いったいそれが、どうしたの？」

「つまりさ、こんなふうに、くりかえし、くりかえし、どんどん、画用紙《がようし》を、はんぶんにおりつづけたら、四十三かいめには、いったいどのくらいの、たかさになるとおもう？」

「四十三かいかぁ。」
ヒナタは、三かいまでおった画用紙《がようし》をうけとると、
つづきをおっていきました。
「四かい、五かい、六かい……
わぁ、もうおれないや。
四十三かいなんて、
とてもむりだよ。」
ソラタが、わらいました。
「もちろんさ。四十三かいおるためには、
とってもおおきな画用紙《がようし》が、いるからね。だから、あたまのなかで、
おおきなおおきな画用紙《がようし》を、おもいうかべるんだよ。」

そこでヒナタは、あたまのなかで、おおきな画用紙《がようし》を、おっているところを、おもいうかべました。

「たぶん、このマグカップくらいの、たかさになるんじゃないかな。」

「もっと、たかくなるよ。」

ソラタが、にっこりわらいます。

「ええ、そうなの？　それじゃあ、」

ヒナタは、あたまのなかで、
さらにおおきな画用紙《がようし》を、おもいうかべて、どんどん、おっていきます。

「きっと、このテーブルくらいの、たかさになるんじゃない？」

「もっと、もっと、たかくなるよ。」

ヒナタは、目《め》をぱちくりしました。

「ほんとうに、そんなにたかくなるの？」

「ほんとうさ。ちゃんと本《ほん》に、かいてあったんだから。」

そこでヒナタは、さっきよりもずっとおおきな画用紙《がようし》を、
おもいうかべて、どんどん、どんどん、おっていきました。

「それなら、きっと、この家《いえ》くらいの、たかさになっちゃうんだ。」

ソラタが、にっこりわらいます。

「もっと、もっと、もっと、たかくなるよ。」

ヒナタは、口《くち》を、あんぐりさせました。

「ほんとうに、そんなにたかくなるの？」

「ほんとうさ。」

そこでヒナタは、さっきよりもうーんとおおきな画用紙《がようし》を、どんどん、どんどん、どんどん、おっていきました。

「それなら、森《もり》のスギの木《き》くらいの、たかさになっちゃうんだ。」

「もっと、もっと、もっと、たかくなるよ。」

ヒナタは、あたまを、ふるふるっとふりました。

「ほんとうに、そんなにたかくなるの？」

「ほんとうさ。」

そこでヒナタは、おもいつくかぎりの、どーんとおおきな画用紙《がようし》を、どんどん、どんどん、どんどん、さらにどんどん、おっていきました。

「わかったぞ！　きっとあの、おおきな山《やま》くらいの、たかさになるんだ！」

ヒナタがいうと、ソラタはにっこりわらって、首《くび》をふりました。

「もっと、もっと、もっと、もっと、もっとたかくなるよ。」

ヒナタは、両手《りょうて》をあげて、ばんざいしました。

「ぼく、もう、こうさん。こたえをおしえてよ。」

するとソラタがいいました。

「家《いえ》よりも、スギの木《き》よりも、山《やま》よりも、もっともっと、
ずーっとたかく、夜空《よぞら》のお月《つき》さまにとどくほどの、たかさになるんだ。」

ヒナタは、がたんっ、といすからたちあがりました。

「ねぇ、ソラタ、ほんとうに？」

「ほんとうさ。」

「こんなに、うすっぺらい画用紙《がようし》を、四十三かいおっただけで、
お月《つき》さままで、とどいちゃうの？」

「そうなんだよ。」

「そんな、ちっちゃなことの、くりかえしで？」

「ちっちゃなことでも、くりかえしやりつづけると、
すごいことになるんだね。」

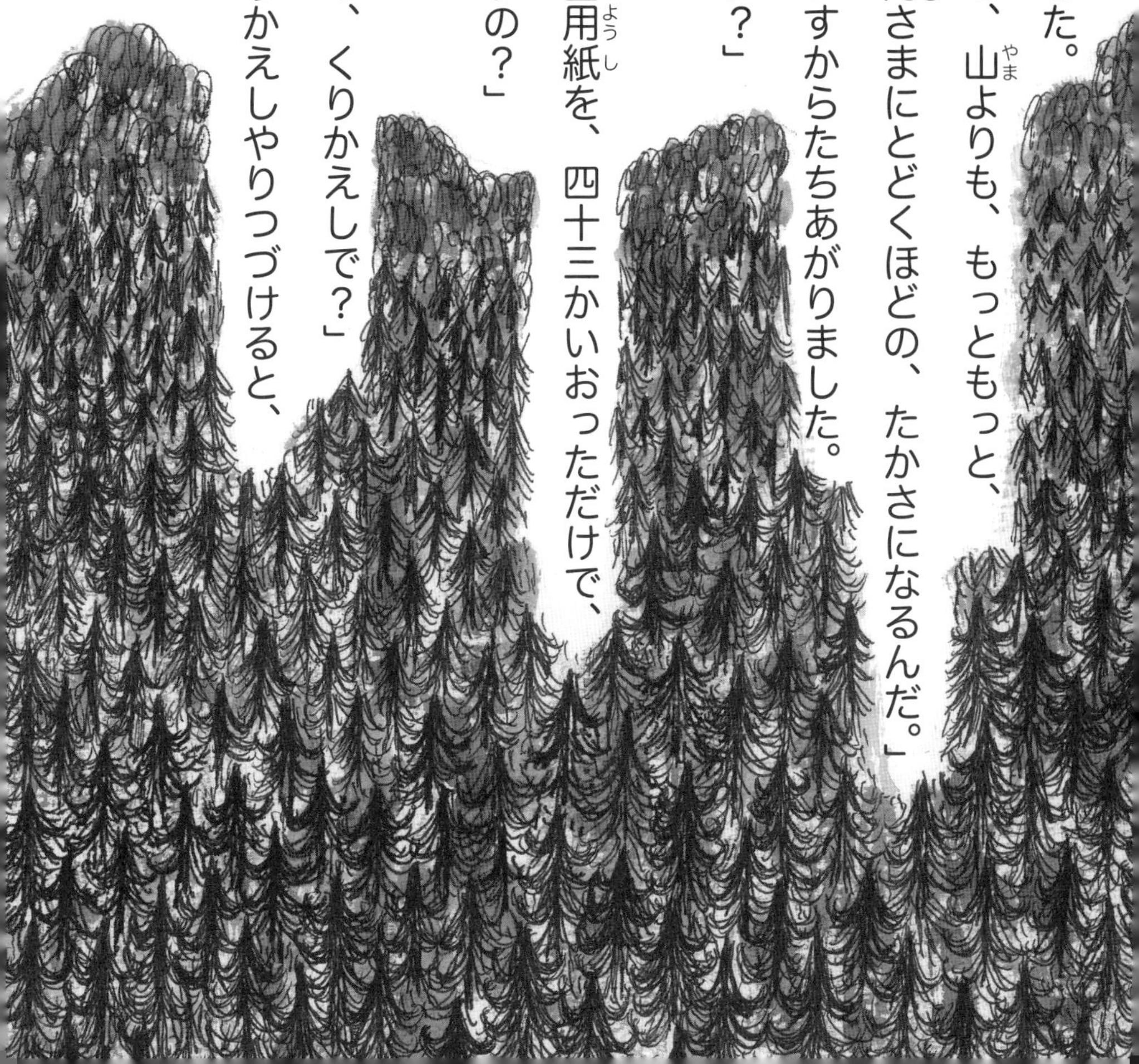

それをきいたヒナタは、しばらく、画用紙《がようし》をみつめたまま、じっとかんがえていました。

それから、ヒナタは、あたらしい画用紙《がようし》を、とりだしました。

「ぼく、やっぱり、絵《え》のつづきを、かくことにする。」

「そうか。」

「じょうずにかけたら、ソラタにあげる。」

「それは、うれしいな。ぼく、きみの絵《え》、だいすきだ。」

ソラタがいうと、ヒナタは、はりきって、絵《え》をかきはじめました。ソラタは、ヒナタに、紅茶《こうちゃ》をいれてあげました。じぶんには、コーヒーをいれました。そうして、ヒナタが絵《え》をかくとなりで、ソラタはのんびりと、本《ほん》をよみはじめました。

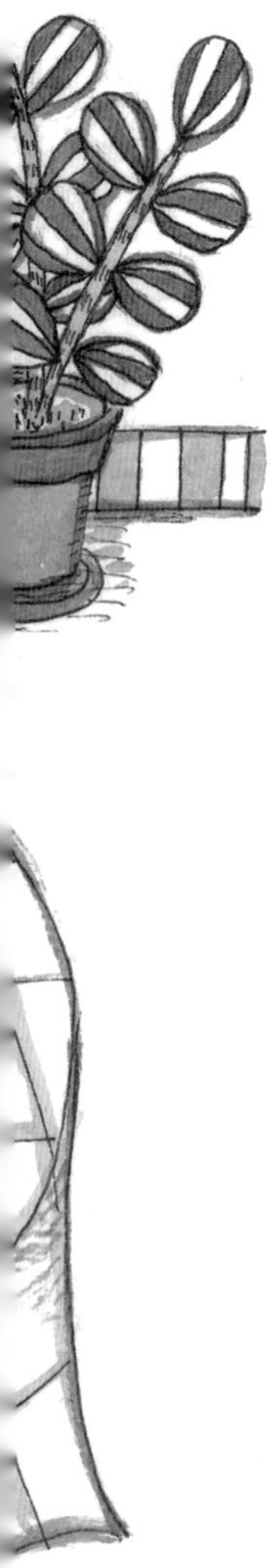

もりのひみつ

すてきなひみつ

ソラタとヒナタが、こうえんに
あそびにきました。
ソラタが、いいました。
「しってる？　このこうえんには、
すてきなひみつが、
かくされてるんだって。」
「すてきなひみつ？」

ヒナタが、こうえんをぐるっと、
みわたします。

「それって、なあに。」

「ぼくにもわからないんだ。」

ソラタが、首《くび》をふりました。

「それをみつけると、たのしくて、わくわくして、
すてきなきもちになるんだって。

でも、だれにきいても、それがなんなのか、
おしえてくれないんだよ。」

ヒナタの目《め》が、かがやきました。

「それなら、ぼくたちで、さがしてみようよ！」

「うん、ぼくたちで、さがしてみよう！」

ふたりは、こうえんのなかに、かくされているという、
すてきなひみつをさがしはじめました。
「ジャングルジムの上《うえ》から、こうえんをながめたら、
すてきなひみつ、みつかるかも。」
ソラタがいいました。そこでふたりは、ジャングルジムの上《うえ》に、
のぼりました。たかいばしょから、こうえんをみわたしました。

「すてきなひみつ、みつかった？」

「ううん、みつからない。だけど、ジャングルジムって、たのしいね。」

ふたりは、ジャングルジムに、のぼったり、おりたり、すわったり、ぶらさがったり、むちゅうになってあそびました。

ジャングルジムのつぎは、ブランコのまえにやってきました。

「ブランコにゆられながら、こうえんをながめたら、
すてきなひみつ、みつかるかも。」

こんどは、ヒナタがいいました。

そこでふたりは、ブランコにのって、ゆーらゆーらとゆれながら、
こうえんをみわたしました。

「すてきなひみつ、みつかった？」
「ううん、みつからない。だけど、ブランコって、わくわくするね。」
ふたりは、ブランコを、空《そら》にむかって、たかくたかく、ぐーんぐーんと
こぎながら、むちゅうになってあそびました。

ブランコのつぎは、すべり台《だい》のまえにやってきました。
「すべり台《だい》から、すべりおりながら、こうえんをながめたら、すてきなひみつ、みつかるかも。」
ソラタがいいました。そこでふたりは、すべり台《だい》から、しゅるるるるっと、すべりおりながら、こうえんをみわたしました。

「すてきなひみつ、みつかった？」
「ううん、みつからない。だけど、
すべり台《だい》って、たのしいね。」
ふたりは、すべり台《だい》のかいだんをのぼっては、
しゅるるるるっと、すべりおり、
またかいだんをかけあがっては、しゅるるるるっと、
すべりおりて、むちゅうになってあそびました。

すべり台《だい》のつぎは、てつぼうのまえにやってきました。

「てつぼうに両足《りょうあし》をひっかけて、さかさまにこうえんをながめたら、すてきなひみつ、みつかるかも。」

ヒナタがいいました。

そこでふたりは、てつぼうに両足《りょうあし》をひっかけて、こうもりみたいにさかさまになって、こうえんのなかを、すみずみまでみわたしました。

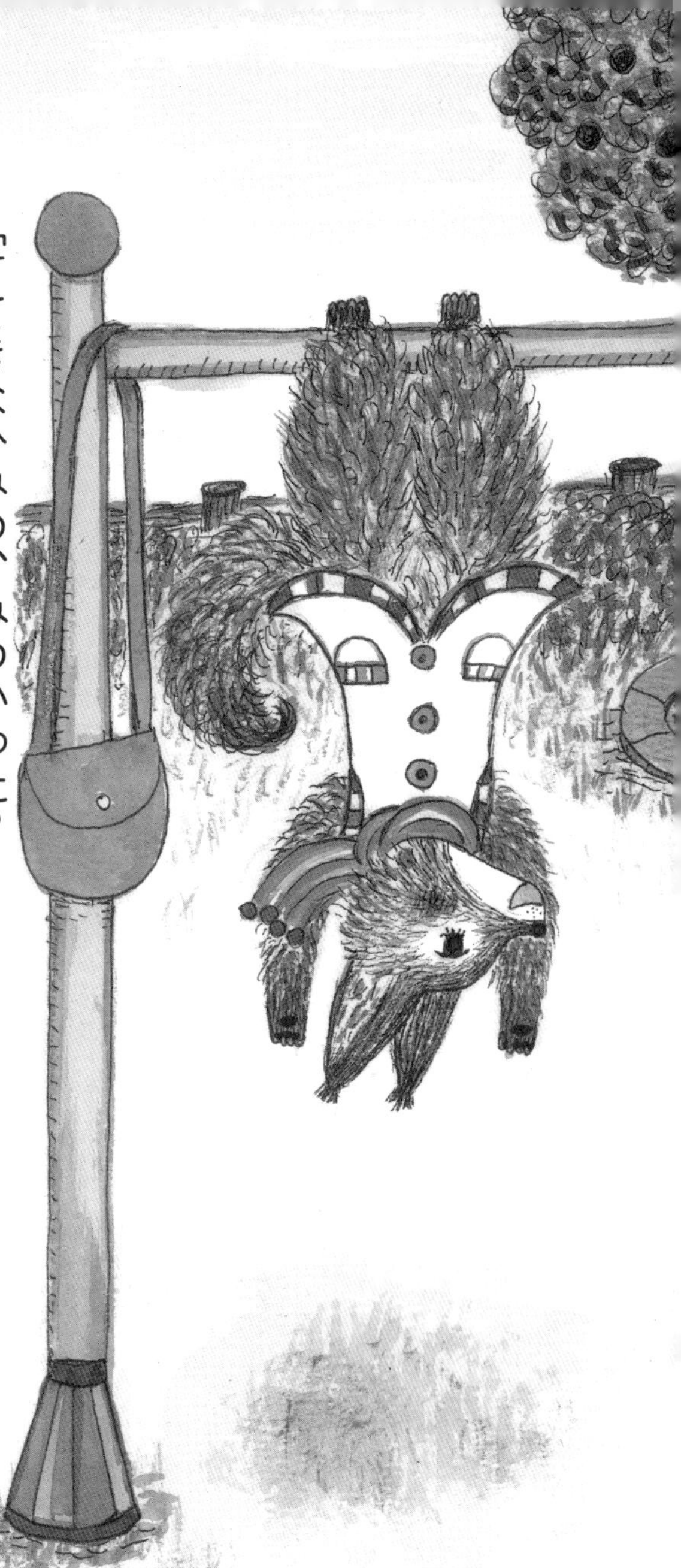

「すてきなひみつ、みつかった？」

「ううん、みつからない。だけど、てつぼうって、わくわくするね。」

ふたりは、てつぼうであそびはじめました。地面《じめん》を、とんっとけって、さかあがり。くるくるくるくる、まえまわり。ぶらさがって、ゆーらゆーら。むちゅうになってあそびました。

てつぼうのつぎは、シーソーのまえにやってきました。

「シーソーで、ぎったん、ばっこんしながら、こうえんをながめたら、すてきなひみつ、みつかるかも。」

ソラタがいいました。

そこでふたりは、シーソーにのって、ぎったん、ばっこんしながら、こうえんをみわたしました。

「すてきなひみつ、みつかった？」

「ううん、みつからない。だけど、シーソーって、たのしいね。」

ふたりは、リズムにあわせて、ぎったん、ばっこん。
はなうたうたって、ぎったん、ばっこん。
くすくすわらって、ぎったん、ばっこん。
むちゅうになってあそびました。

シーソーのつぎは、すなばのまえにやってきました。
「すなばのなかに、すてきなひみつ、うまってるかも。」
ヒナタがいいました。
そこでふたりは、すなのなかを、さがしはじめました。
いろんなばしょを、ほってはうめて、
ほってはうめて、
あっちもこっちも、さがします。
「すてきなひみつ、みつかった?」
「ううん、みつからない。だけど、
すなばって、わくわくするね。」
ふたりは、お山《やま》や、トンネルや、どろだんごを
つくって、むちゅうになってあそびました。

すなばのつぎは、かくれんぼをしながら、
こうえんのまわりにうえられている
ツツジや、キンモクセイや、
サザンカのしげみのなかを、
さがしました。ケヤキや、ブナや、
イチョウの木《こ》かげも、さがしました。
「すてきなひみつ、みつかった？」
「ううん。みつからない。」
そのとき、こうえんのおわりの
時間《じかん》をつげる、五じのかねが、
キーンコーン、カーンコーン、
となりました。

ふたりは、こうえんをでて、あるきだしました。

「すてきなひみつ、とうとうみつからなかったね。」

ヒナタが、えいっとつぶやいて、小石《こいし》をけりました。

すると、ソラタがいいました。

「でも、ヒナタとこうえんであそべて、たのしくて、わくわくして、すてきなきもちになったから、ぼく、うれしいよ。」

それをきいたヒナタも、えがおになって、いいました。

「ぼくも、ソラタとあそべて、たのしくて、わくわくして、すてきなきもちになったから、それでいいや。」

ふたりは、顔《かお》をみあわせて、くすっとわらうと、ゆうやけのうたをうたいながら、なかよくかえっていきました。

おはなしのバトン

ソラタが、ヒナタの家《いえ》に、とまりにきました。
ねる時《じ》間《かん》になって、ふとんのなかに、
もぐりこんだとき、ヒナタがいいました。
「ね、ソラタ。なにか、たのしいおはなしして。」
ソラタが、にっこりしながら、こたえます。
「うん、いいよ。だけど、ぼくだけが
はなすのは、おもしろくないよ。

だから、こうしない？
まずはぼくが、ものがたりを
はなしはじめる。
きりのいいところまできたら、
はなしをやめるから、
こんどはきみが、そのつづきの
ものがたりを、かんがえてはなす。
そうして、きみがはなしをやめたら、
こんどはまた、ぼくがそのつづきの
ものがたりをはなす、
っていうのをくりかえすんだ。」

ヒナタの耳《みみ》が、ぴくぴくとうごきました。

「おもしろそう！　じゃあ、こうしない？　このくまを、おはなしのバトンにするの。」

ヒナタがそういって、まくらもとにあったくまのぬいぐるみを、くいっと手《て》もとにひきよせました。

「まずソラタが、このくまをもって、はなしはじめるの。ソラタから、くまがわたされたら、こんどはぼくが、そのつづきのおはなしをする。そしてまたぼくがくまをわたしたら、ソラタがつづきのおはなしをする、っていうのをくりかえすんだ。」

ヒナタは、くまのぬいぐるみを、ぽん、とソラタにわたしました。

「くまが、おはなしのバトンになるんだね。よし、わかった。それじゃあ、さっそくぼくからはじめるよ。」

こうして、ソラタから、ものがたりがはじまりました。

「あるあさ、目《め》がさめると、なんだか、へやのようすがへんだった。ぼくたちは、あたりをよくみまわした。ひとつひとつのものを、よーくみて、ぼくたちは、おどろいた！　ベッドも、たんすも、本《ほん》だなも、とにかくなにもかもが、山《やま》のようにおおきくなっていたんだ。

ぼくたちは、ふとんにつかまりながら、ベッドからおりると、かがみのまえにたって、じぶんたちのすがたを、まじまじとみつめた。

『だけどさ、これって、まわりのものが、おおきくなっちゃったのかな。それとも、ぼくたちが、ちいさくなっちゃったのかな。』

と、ヒナタがいった。ぼくも、おおきくうなずいた。

『そうだね、このままだと、どっちなのか、わからないな。よし、そとにでて、たしかめてみよう。』

ぼくたちは、そのなぞをとくために、へやのそとにでることにした。ところが、へやのなかは、ゆうえんちみたいにひろいし、ドアはしまっていたものだから、ちいさなぼくたちでは、とてもあけられないことに気《き》がついた。

そのとき、

『みて。』

へやのなかをあるいていたヒナタが、たんすのひきだしをゆびさした。

みると、いちばん下《した》のひきだしが、はんぶんくらい、あいていたんだ。

『いまのぼくたちだったら、なかにはいれるよ。』

そこでぼくたちは、あいているひきだしによじのぼり、おもいきって、なかにとびこんだ。

ところが、たいへんなことがおこった。ようふくがはいっているはずの、ひきだしのなかは、そこなしの、ふかいあなになってしまっていたんだ。

『うわぁぁぁ……！』

ぼくたちは、どんどん、どんどん、
くらいあなのなかを、おちていった。
どこまでも、どこまでも……。

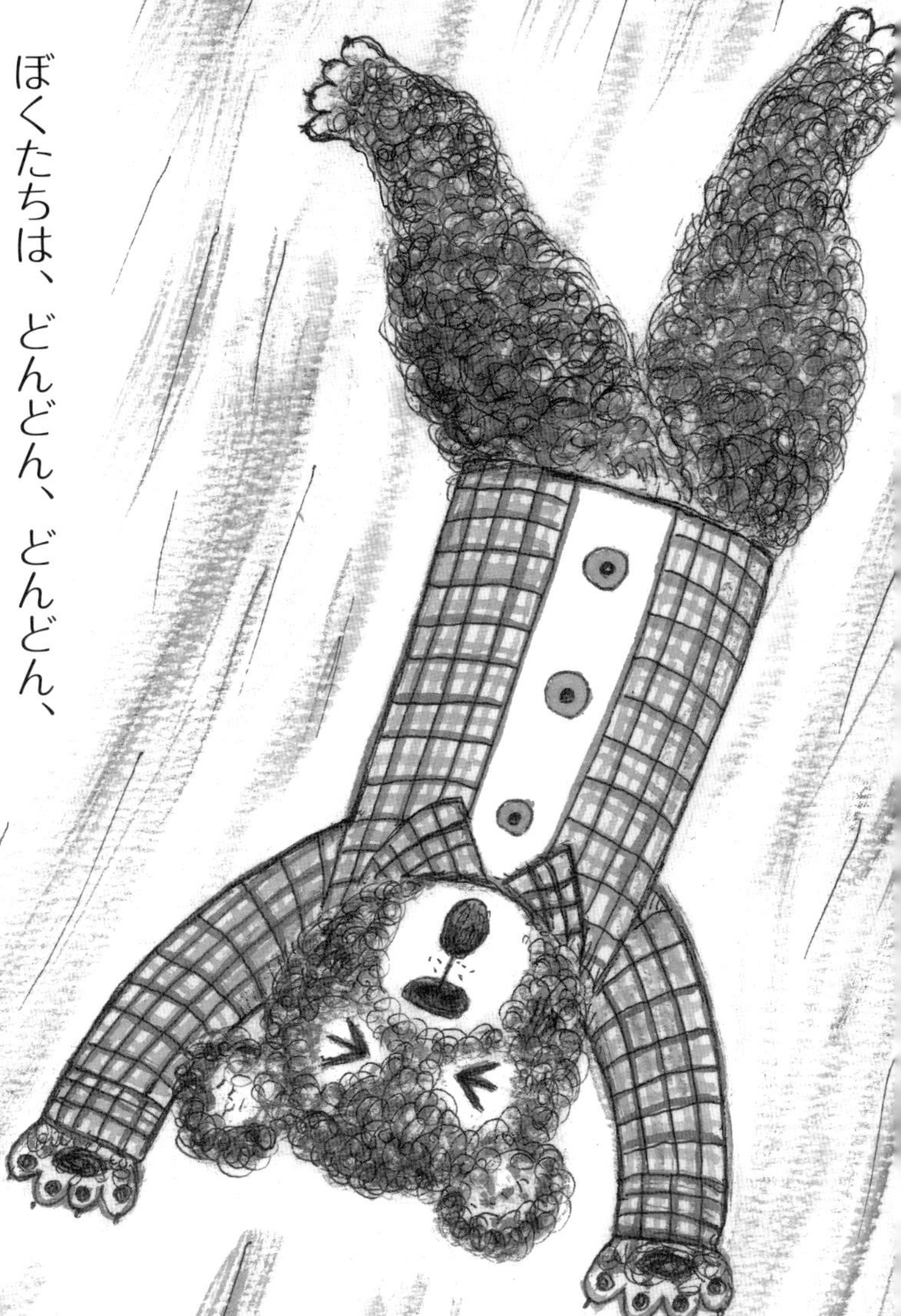

しばらくすると、ずっとさきのほうに、
ちいさなひかりがみえてきた。
ひかりは、すこしずつ、すこしずつ、
おおきくなって、やがて、
『どすんっ。』
　ぼくたちは、やっと、
どこかにたどりついたんだ。」

ソラタは、そこではなしをやめて、くまのぬいぐるみを、ぽん、とヒナタにわたしました。

「さあ、つぎは、ヒナタのはなすばんだよ。」

ヒナタは、くまをうけとると、首《くび》をかしげて、かんがえました。すぐに、ぱっとあかるい顔《かお》になって、つづきのものがたりを、はなしはじめました。

「おしりをさすりながら、ぼくたちはたちあがった。

そこは、ぜんぜんしらない町《まち》だった。あたりをきょろきょろ、みまわしていると、とつぜんうしろから、

『あうあう……おおうおおうおおう……!』

と、さけんでいる、へんなこえがきこえてきたんだ。

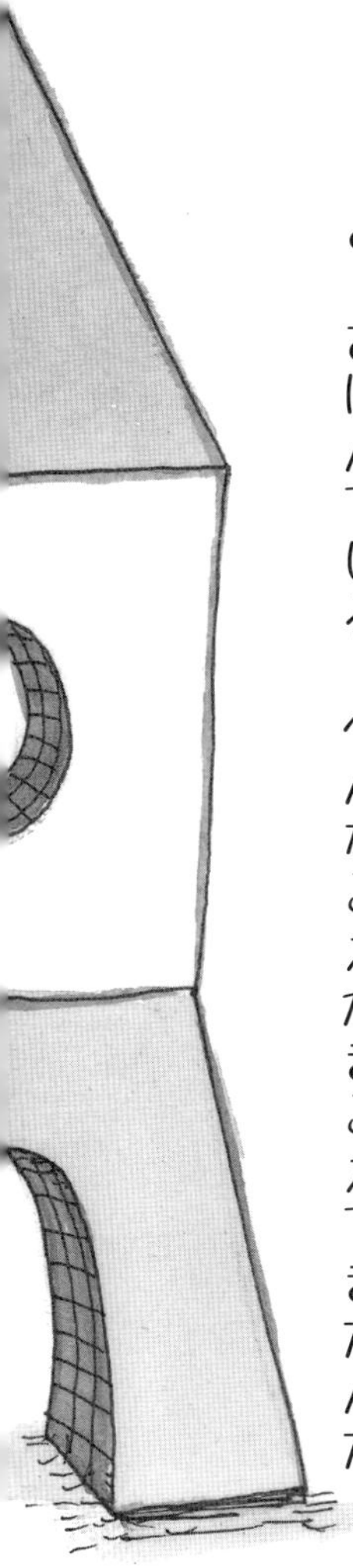

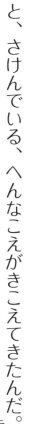

びっくりしてふりかえると、そこには、
くるみわり人形《にんぎょう》の王《おう》さまが、まっかな顔《かお》をしてたっていたの。
王《おう》さまは、ぼくたちのあしもとをゆびさして、かんかんになって
おこっていた。ところが王《おう》さまは、『あうあうあう……
おおうおおうおおう……！』とさけぶばかりで、
なにをいってるのか、さっぱりわからなかったんだ。

そこでぼくたちは、王《おう》さまのゆびさしているばしょを、よくみてみた。そこには、つみきがたくさんちらばっていて、こわれたつみきのお城《しろ》が、ごろんところがっていた。どうやら、ここにおちたときに、王《おう》さまのお城《しろ》を、ぼくたちのおしりで、こわしてしまったみたいだった。

『ごめんなさい！』

ぼくたちは、あわてて王《おう》さまにあやまって、こわれたところを、いそいでなおしていった。なにしろぼくたちは、つみきがとくいだったから、とてもりっぱなお城《しろ》ができあがったんだ。

王《おう》さまは、そのできばえにまんぞくしたように、おひげを、しゅるんとさわってうなずいた。だけど、あいかわらず王《おう》さまは、『あうう、おおう。』と、わからないことばをくりかえすばかり。そのとき、ぼくはあることに気《き》がついた。

『ソラタ、みて。あの王《おう》さま、あごがはずれてるんじゃない？』

それをきいたソラタも、王《おう》さまのあごを、じっとみつめた。

『ほんとうだ。よし、なおしてあげよう。』

どうりで、うまくはなしができないはずだ。そこでぼくたちは、王《おう》さまのはずれたあごを、えいっとはめて、すっかりなおしてあげたんだ。

『いたたたた……。まったく、てあらな連中《れんちゅう》じゃわい。』

王《おう》さまは、あごをさすりながらいった。

『しかし、ひさしぶりに、ちゃんとしゃべれるようになった。なおしてもらったことには、礼《れい》をいうぞ。わしの城《しろ》をこわしたことも、これにめんじてゆるしてやろう。』

王《おう》さまのきげんがなおったので、ぼくたちは、ほっとして、あらためてまわりの景色《けしき》を、ながめてみたんだ。」

そこまではなすと、ヒナタがはなしをとめて、ぱっと、くまをソラタにわたしました。ソラタは、くまのあたまをなでながら、はなしをかんがえました。すぐに、つづきのものがたりを、はなしはじめました。

「えーと……そう、
そこは、なにもかもが
おもちゃでつくられた、
おもちゃの国《くに》だったんだ。
だけど、おもちゃの国《くに》だったら、
もっとにぎやかでもいいはずなのに、
町《まち》のなかは、しんとしていて、
とてもしずかだった。

道《みち》をあるいている
おもちゃたちは、どの子《こ》も
みんなさびしそうで、
ちっとも元気《げんき》がなかったんだ。
すると、王《おう》さまがいった。
『みたとおり、
ここはおもちゃの国《くに》じゃ。
しかし、とてもしずかじゃろう？
あのおもちゃたちを、
よくみてごらん。』

ぼくたちは、いわれたとおりに、
あたりにいるおもちゃたちを、
よくみてみた。
かた目《め》のとれたテディベア、
ペンキがはげて、ぼろぼろになった木馬《もくば》、
空気《くうき》がぬけて、ぺしゃんこになったボール、
ぜんまいのこわれたロボット、
車輪《しゃりん》のはずれたきかんしゃ、
服《ふく》のやぶけたピエロの人形《にんぎょう》。
ロープがきれてしまった気球《ききゅう》……。

『ここは、こわれてすてられた、おもちゃたちがすむ国《くに》なんじゃよ。
かくいうわしも、あごがはずれて、くるみがわれなくなってしまい、
とうとうすてられてしまったんじゃ。』
王《おう》さまが、さびしそうにいった。
ぼくたちは、なんだかむねが、ぎゅっといたくなった。

『なおすことはできないの？』

いてもたってもいられなくなって、ぼくはきいてみた。

王《おう》さまは、しょんぼりと首《くび》をよこにふった。

『わしたちは、おもちゃじゃからのう。おもちゃが、おもちゃを、なおすことはできないんじゃ。なおす道具《どうぐ》は、いろいろあるんじゃが……。』

それをきいたぼくたちは、おおきく身《み》をのりだした。

『道具《どうぐ》があるの⁉　ちょっとみてみたいな。王《おう》さま、ぼくたちをそこへつれていって。』

すると王《おう》さまは、ぼくたちを、あるばしょへ、いそいそとあんないしてくれたんだ。

そこは、レンガでつくられた工房《こうぼう》のような家《いえ》で、おおきなテーブルの上《うえ》や、たなのなかに、いろんな道具《どうぐ》がおかれていた。

さいほうばこ、
トンカチ、
ペンキ、
せっちゃくざい、
ねじまわし、
はさみ……
とにかく、
おもちゃを
なおすために
つかえる、
ありとあらゆる
道具《どうぐ》があったんだ。

『これだけ道具《どうぐ》があれば、なんだってなおせるよ！　王《おう》さま、こわれたおもちゃたちを、どんどんここへ、つれてきて！』

ヒナタがそうつたえると、王《おう》さまは、おおよろこびで、かくんかくんとはしりながら、みんなをよびにいったんだ。」

ここでまた、ソラタがヒナタへ、くまをわたしました。ヒナタは、くまをぎゅっとだきしめると、つづきのものがたりを、はなしはじめました。

「ぼくたちが、道具《どうぐ》をそろえてまっていると、こわれたおもちゃたちが、どんどんやってきた。さいしょになおしてあげたのは、耳《みみ》のとれかかったうさぎのぬいぐるみ。ソラタが、ていねいに耳《みみ》をぬいつけてあげると、うさぎは、ぴょんぴょんとびはねて、よろこんだ。元気《げんき》になったうさぎのぬいぐるみは、あとからやってくるおもちゃたちの、列《れつ》の整理《せいり》をしてくれたんだ。

『さあさあ、おしあっちゃだめぴょん。みんな、じゅんばんにならんでぴょん！』

ぼくたちは、ならんでいるおもちゃたちを、つぎつぎになおしていった。かた目《め》のとれたテディベアには、くろいボタンをつけてあげた。ペンキのはげた木馬《もくば》には、きれいな色《いろ》のペンキをぬりなおしてあげた。ぺしゃんこになったボールには、空気《くうき》いれで、ぐんぐん空気《くうき》をいれてあげた。ぜんまいのこわれたロボットには、あぶらをさして、うごくようにしてあげたし、車輪《しゃりん》のはずれたきかんしゃは、車輪《しゃりん》をしっかりはめこんで、はしれるようにしてあげたし、服《ふく》のやぶけたピエロの人形《にんぎょう》は、きれいにぬいなおしてあげたんだ。

さいごに、ロープが一本《ぽん》きれていた気球《ききゅう》のおもちゃをなおしてあげると、まわりから、いっせいにはくしゅがわきおこった。

こうして、たくさんのおもちゃたちを、なおしてあげたので、しずかだったこわれたおもちゃの国《くに》は、しあわせいっぱいの、たのしいおもちゃの国《くに》に、かわっていったんだ。」

そこまではなすと、また、ヒナタからソラタへ、くまをバトンタッチ。
ソラタは、たのしそうに、つづきをはなしはじめます。
「元気《げんき》になったおもちゃたちは、
ぼくたちのために、かんげいパーティーを
ひらいてくれたんだ。
『たくさんはたらいて、おなかがすいたでぴょん？
ごちそうをよういしてますからぴょん、
どうぞめしあがってくださいぴょん。』
さいしょになおしてあげた、
うさぎのぬいぐるみがそういって、
そとにあんないしてくれた。

そとには、いつのまにか、おおきなテーブルがおかれていて、元気《げんき》になったおもちゃたちが、ごちそうをよういして、まっていてくれたんだ。

『さあさあ、テーブルについて。どうぞ、めしあがってください。』

ぼくたちは、おおよろこびでテーブルについた。ところが、ごちそうをたべようとしたとたん、こまったことに気《き》がついた。おもちゃの国《くに》だけに、テーブルにならんだごちそうは、ぜんぶおもちゃでできていたんだ。

ぼくたちは、顔《かお》をみあわせ、それから、おもちゃたちをきずつけないように、そっと席《せき》をたった。

『たくさんのごちそうをよういしてくれて、どうもありがとう。だけど、ぼくたち、もうかえらないといけない時間《じかん》になっちゃったんだ。このごちそうは、どうかみなさんで、たべてください。』

おもちゃたちは、とてもざんねんそうだったけれど、ぼくたちをこまらせたくなかったのか、こころよくうなずいてくれた。

『ところで、ぼくたちは、上《うえ》のほうからおちてきたので、また上《うえ》のほうへかえりたいんです。なにか、いい方法《ほうほう》は、ないかなあ。』

ヒナタが、おもちゃたちにたずねた。すると、気球《ききゅう》のおもちゃが、じぶんのかごを、ぽんっとたたいて、こういったんだ。

『それなら、ぼくのかごにのってください。ぼくなら、どんどんたかく、どこまでもたかく、のぼっていくことができますよ。』

ぼくたちは、よろこんでのせてもらうことにした。気球《ききゅう》にのりこむと、おもちゃたちがおおきく手《て》をふって、ぼくたちをみおくってくれた。

『みんなー、元気《げんき》でねー!』

ぼくたちも、おもちゃたちに、おおきく手《て》をふった。気球《ききゅう》がとびたつと、みおくってくれているおもちゃたちのすがたは、あっというまにちいさくなっていった。

気球《ききゅう》は、どんどん、どんどん、たかくのぼって、青《あお》い空《そら》をつきぬけ、やがて、トンネルみたいな、くらいあなのなかへ、はいっていったんだ。

くらい、くらい、あなのなかを、さらにぐんぐん、ぐんぐん、のぼっていった。しばらくすると、上《うえ》のほうに、ひとすじのひかりが、みえてきた。

ひかりは、少しずつおおきくなって、ぼくたちは、まぶしいひかりのなかへ、すいこまれていって……。

気《き》がつくと、ぼくたちは、ベッドのなかでねむっていたんだ。時《と》計《けい》をみると、ベッドにはいってから、まだ三十分《ぷん》しかたっていなかった。ぼくたちの冒《ぼう》険《けん》は、ぜんぶ、みじかいゆめのなかで、おこったできごとだったんだ……。」

ソラタがにっこりわらって、くまのぬいるぐみを、まくらもとにもどしました。

「おはなしは、これでおしまい。さあ、ぼくたち、もうねなくちゃ。」

ヒナタも、ふとんを耳《みみ》の上《うえ》までひっぱりあげました。

「うん、またあしたね。おやすみ。」

それからふたりは、冒《ぼう》険《けん》につかれたこどものように、ぐっすりとねむりにつきました。

つぎの日《ひ》のあさ、ソラタとヒナタは、たいようのまぶしいひかりで、目《め》がさめました。

「すっかり、ねぼうしちゃったなあ。」

時《と》計《けい》をみながら、ソラタが、おおきなあくびをしました。

「めざましを、かけわすれちゃったんだ。」

ヒナタも、うーんとのびをしてベッドからでると、ドアにむかってあるきだしました。そのとき、

「あれっ⁉」

ヒナタが、たんすのまえで、たちどまりました。

「どうしたんだい？」

ソラタが、たんすのほうに目《め》をやると、いちばん下《した》のひきだしが、はんぶんくらい、あいています。

「ヒナタったら、ひきだしをあけっぱなしで、ねちゃったんだね。ゆうべのものがたりと、おんなじだ。」

ソラタが、わらいながらベッドからでて、そばまでちかづいていくと、ヒナタが、あしもとをゆびさして、いいました。

「きのうまで、ちゃんとたんすの上《うえ》に、かざってあったはずなんだけど……。」

ゆかの上《うえ》には、フリーマーケットでかった気球《ききゅう》のおもちゃが、ころん、ところがっていました。

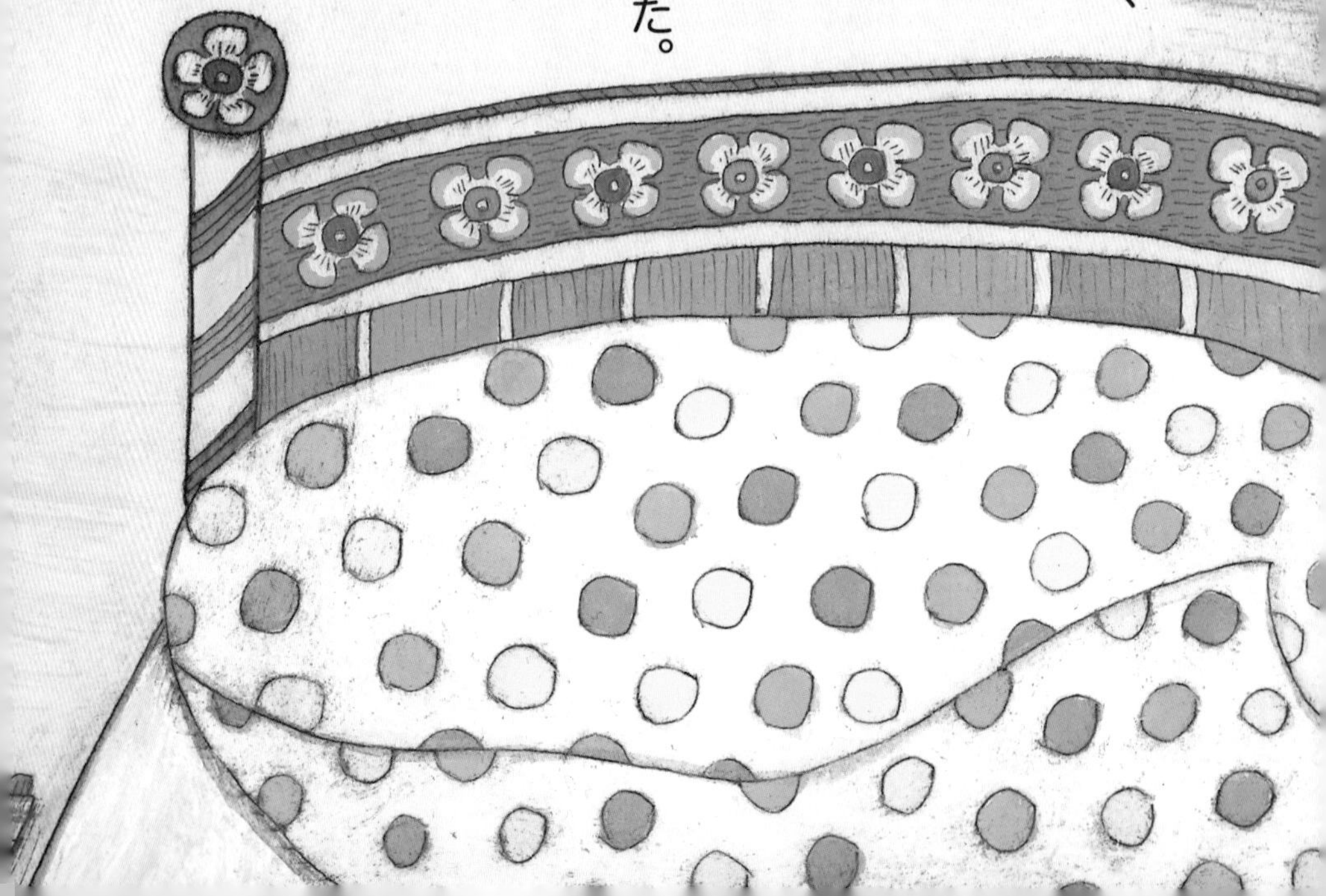

かんのゆうこ

東京都生まれ。東京女学館短期大学文科卒業。児童書に、「はりねずみのルーチカ」「りりかさんのぬいぐるみ診療所」シリーズ（絵・北見葉胡／講談社）、『とびらのむこうに』（絵・みやこしあきこ／岩崎書店）など。絵本に、『ふゆねこ』（絵・こみねゆら）、『はこちゃん』（絵・江頭路子）、プラネタリウム番組にもなった「『星うさぎと月のふね』（絵・田中鮎子）、（以上講談社）などがある。令和6年度、小学校教科書『ひろがることば小学国語・二上』に、絵本『はるねこ』が掲載される。

くまあやこ

1972年、神奈川県生まれ。中央大学ドイツ文学専攻卒業。装画作品に『はるがいったら』（著・飛鳥井千砂）、『スイートリトルライズ』（著・江國香織）、『雲のはしご』（著・梨屋アリエ）、『世界一幸せなゴリラ、イバン』（著・キャサリン・アップルゲイト／訳・岡田好惠）、『海と山のピアノ』（著・いしいしんじ）など。絵本に『そだててあそぼう マンゴーの絵本』（編・よねもとよしみ）、『きみといっしょに』（作・石垣十）、『ねこの町のリリアのパン』『ねこの町の本屋さん』（作・小手鞠るい）などがある。

シリーズマーク／いがらしみきお
ブックデザイン／脇田明日香

この作品は書き下ろしです。

わくわくライブラリー

ソラタとヒナタ おはなしのバトン

2020年4月21日　第1刷発行
2024年8月1日　第2刷発行

作　かんのゆうこ
絵　くまあやこ
発行者　森田浩章
発行所　株式会社講談社　KODANSHA
〒112-8001 東京都文京区音羽2-12-21
電話　編集 03-5395-3535　販売 03-5395-3625　業務 03-5395-3615
印刷所　株式会社精興社
製本所　島田製本株式会社

N.D.C.913 95p 22cm

ISBN978-4-06-519111-8

ソラタとヒナタのすむ森
はすのいけ
ヒナタがおちていたあな
ヒナタのいえ
ひなげし